二人の神職の和歌

出島竹齋・三浦弘夫歌集

桜井　仁　編

解説

桜井　仁

出島竹齋について

出島竹齋は、名を明雅といい、幼名は甚太郎、竹齋は号である。

一八一六年（文化十三年）一月七日、駿河国有度郡小鹿村（現静岡市駿河区小鹿）の農家に生まれた。八歳で手習を始め、十歳で農に励み、家事を助けた。十三歳の時、母を亡くし、以後、祖母に養育される。

花野井有年の門人となり、国学を学んだ。明治維新の際には朝廷方に尽力した。神仏を崇拝する心は深く、身延山・伊勢・秋葉山・高野山・琴比羅・御嶽山等に詣でている。十八歳で青島みと結婚するも、三年後に妻死亡。南条くまと再婚した。

二十一歳の時、小鹿村に百姓争論が起こり、調停に努めた。二十六歳の時には、大谷村大正寺檀徒に不和を生じた際、決着をつけた。この年（一八四二年）十月に、三男の松造が誕生している。

静岡藩が成立すると、勝海舟や大久保一翁（忠寛）の知遇を受け、名主役や郡政方付属等に登用された。また、大区長として、駿府城濠用水の配分問題などで手腕を発揮し、小鹿・大谷地域の用水確保の基盤をつくった。渋沢栄一が指揮した「常平倉」という金融機関の役員も務めた。

一八七六年（明治九年）、政府から久能山東照宮に下付金を支給することを実現させ、その財政基盤を安定させた。同年、庶民教育を重視し、静岡市紺屋町の小梳神社に「皇学舎」を設置。皇学・算道・習字の学科を置き、教育にあたった。この時、この皇学舎の教員総司として出島竹齋を助けたのが三浦弘夫（一八三二～一九一三）であった。三浦弘夫は明治十六年から静岡浅間神社の祠官を務めた他、明治三十五年には静岡市水落町に裁縫女学校を設立した。『不尽のやまのもうた』という歌集も残した人物である。

一八七八年（明治十一年）の明治天皇巡幸に際し、竹齋は行在所に召された。一八七九年（明治十二年）には、久能山東照宮の第一祠官、明治十五年には権少教正、のち少教正を務めた。一八八五年（明治十八年）には、皇典講究所静岡分所長に任命され、静岡県神道界の発展に貢献した。

この他に竹齋は関口隆吉県知事とともに、東照宮の地位向上に努めた。その結果、明治二十一年五月に、久能山東照宮は「別格官幣社」に、静岡浅間神社は「国幣小社」に列せられたのである。また、関口隆吉の遺志を継ぎ、大正十年の「久能文庫」設立に協力した。この「久能文庫」は後に「葵文庫」となり、現在の「静岡県立中央図書館」に引き継がれていく。さらに、竹齋の孫にあたる徳太郎は、明治四十四年に設立された「恩賜財団・済生会」が静岡の地に「済生会病院」を建設する時に、大口寄付をしている。

　このように、静岡の地でさまざまな活躍をした出島竹斎も一八八七年（明治二十年）八月二十五日、七十二年の生涯を終えた。三浦弘夫が斎主となり、神葬祭を行う。墓所は静岡市駿河区小鹿堀之内の丘の上にある。

　死後、大久保一翁（忠寛）らは、久能山石段下に頌徳碑を建立し、出島竹斎の生前の功績をたたえた。一九〇四年（明治三十七年）には、孫の出島徳太郎により、『沖の千重波』と題する歌集が編まれた。小鹿の生家の前庭には立派な像も建てられている。

『沖の千重波』について

『沖の千重波』は明治二十年八月二十五日にこの世を去った出島竹齋の遺歌集である。三浦弘夫が遺稿を整理・編集したものを明治三十七年四月三十日に竹齋の孫にあたる徳太郎が上梓した。三浦弘夫による「はしがき」（序文）には、次のように経緯が記されている。

家事はもとより、世のため人のために尽力した竹齋は雅の道にも通じ、多くの歌を残したものの、生前一巻にまとめることはしなかった。死後、年月を経てこれらの歌が散逸するのにしのびなく、とにかく一巻にまとめた。あるものは人に贈った短冊の中から拾い出し、あるものは反古の中から拾い出し、とにかく集めてみた。それらの歌を選をすることはしなかったため、いろいろな歌が入り混じっている。タイトルについては、竹齋の姓である出島の枕詞的な「沖の千重波」にしたらどうかと提案した。半島の先の海に寄せては返す波の意である。

巻頭には「あまつ空なみもひとつのうみをいでて雲またただよふ月のふねかな」という竹齋直筆の序歌を掲げ、本編には合計五百六十三首の歌が収められている。歌集の前半には五百二十四首の短歌が収められており、その内訳は、春の歌百十五首、夏の歌八十首、秋の歌八十四首、冬の歌七十首、恋の歌九首、雑の歌百六十六首となっている。ほとんどが題詠であり、伝統的な季節感と美意識に基づいた歌が大半であるが、中には鉄道・遊女・橋などといった新しいモチーフも含まれ、時代の変わり目が感じられる。表現としては結句が「らむ」「けり」「かな」のほか名詞で終わるものが目につく。恋の歌が非常に少ない反面、雑の歌が多い。雑の歌の詞書には多くの人物名が登場し、竹齋の交際範囲がうかがえる。列挙してみると、大久保一翁、近藤弘、逸見仲三郎、三浦弘夫、水野市郎、徳川家光、平山陳平、伊佐岑満、戸塚種子、関口隆吉、三條相国、市川浪次郎、小林年保、師の鬼島等である。

後半には三十六首の長歌が収められているが、その中に「反歌」として短歌形式の歌三首が挿入されている。季節を歌い、故郷を歌い、身辺を歌ったものが多いが、それらの中には、幕末から明治にかけての静岡市一帯の風物が生き生きと描写されている。

巻末には「出島竹齋翁小伝」と題する文章が添えられている。これは、明治三十七年三月三浦弘夫の子にあたる三浦邦雄が執筆したものである。出島竹齋の生涯を読み解く基本資料と言えよう。

三浦弘夫について

国学者・神職として名を成した三浦弘夫は、一八三二年（天保三年）に庵原郡蒲原町で生まれた。本姓は高村氏、後に三浦氏を名乗った。号は静篁舎。

十五歳で江戸・小石川に住み、鬼島広蔭の門人となって和漢の学を修めた。明治維新の頃には、大久保一翁のもとで歌書を講じた。後に小梳神社の祠官となり、明治九年には、出島竹齋とともに、小梳神社境内に「静篁舎」を設け、子弟の教育にあたった。明治十六年には静岡浅間神社の祠官となり、明治二十一年、静岡浅間神社が国幣小社昇格後、初代宮司となった。また、明治三十五年には静岡市の水落町に裁縫女学校を設立した。

晩年は古文典を講じ、歌学の普及に貢献した。著書に『歌学捷径』『古今和歌集大空の月』『玉霰軒の雫』などがあり、明治三十四年四月には歌集『不尽のやまのももうた』を上梓している。一九一三年（大正二年）十一月、八十二歳の生涯を閉じた。

『不尽のやまのももうた』について

　不尽の山の百歌、すなわち富士山百首の意である。明治三十四年三月十七日付けで書かれた三浦弘夫の自序によると、次のように経緯が記されている。七十歳になったのを機に、それまで詠みためた富士の歌二百余首の中からまず百首をまとめた。朝な夕なに富士を眺め、それを歌にすることは楽しみでもあり、慰めにもなる、とも述べている。出版されたのは、明治三十四年四月六日である。

　歌の特徴としては、独自の思いを平易な言葉で表現しており、共感を得やすいものが多い。全百首の配列は、ほぼ季節の順であるが、雪から始まり雪で終わっている。つまり、冬↓春↓夏↓秋↓冬の順となっている。やはり、雪かづく富士は古今東西、多くの人々の心を刺激するのであろう。

　表現上の特徴としては、「も」という助詞が目につくが、これは作者の癖であろう。掛詞も見られる。たとえば、「しら」に「知ら」と「白」を掛けたもの、「なる」に「鳴」と「成る」を掛けたもの等である。また、ところどころに『万葉集』や『伊勢物語』の一節を思い起こさせる文言があり、古典をよく読んでいることがうかがえる。

　そして、何より地元静岡に生まれ、神職として郷土のために尽くした作者の感性と信念がこの百首の中にちりばめられている。ちなみに、作者が奉職した静岡浅間神社の中の主たる神社である「浅間《あさま》神社」の主祭神は木之花咲耶姫命《このはなのさくやひめのみこと》であり、富士山の美しく神々しい姿を神格化した女神だと言われている。

目次

凡例

一、本書には、出島竹齋『沖の千重波』(明治三十七年四月刊)と三浦弘夫『不尽のやまのももうた』(明治三十四年四月刊)の二冊の歌集を収めた。

一、表記にあたっては、新漢字・旧仮名づかいを原則とした。

一、拗音・促音は読みやすくするために小さく表記し、濁点を補った。ただし、意味があいまいな所は濁点をつけずに置いた。

一、踊字は通常の文字に置き換え、仮名づかいの誤りはこれを正した。

一、長歌については、五七のフレーズの境を一字あけて表記したが、ところどころにリズムの乱れがあり、完璧な五七調になっていない所がある。

出島竹齋歌集『沖の千重波』

明治三十七年四月刊

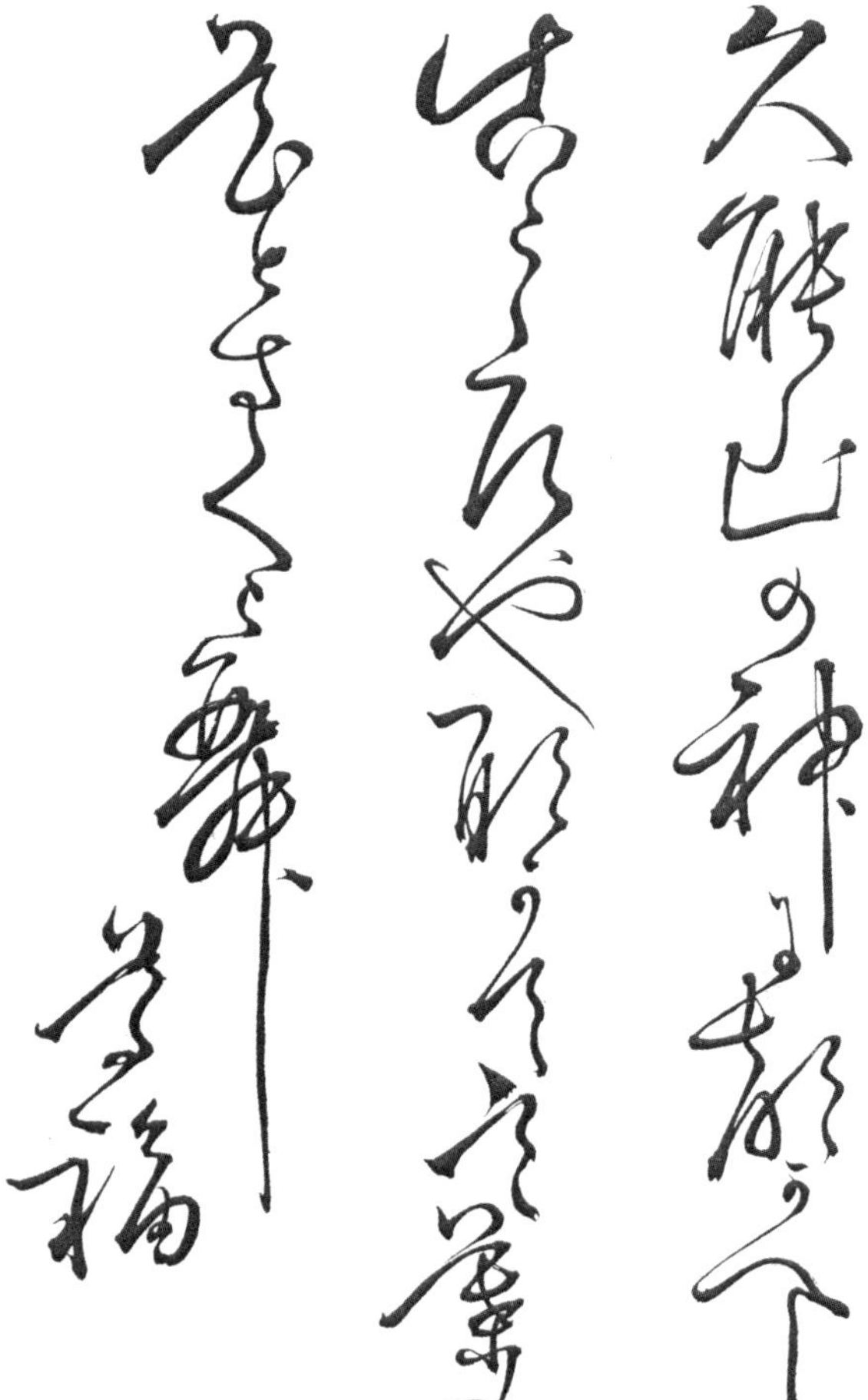

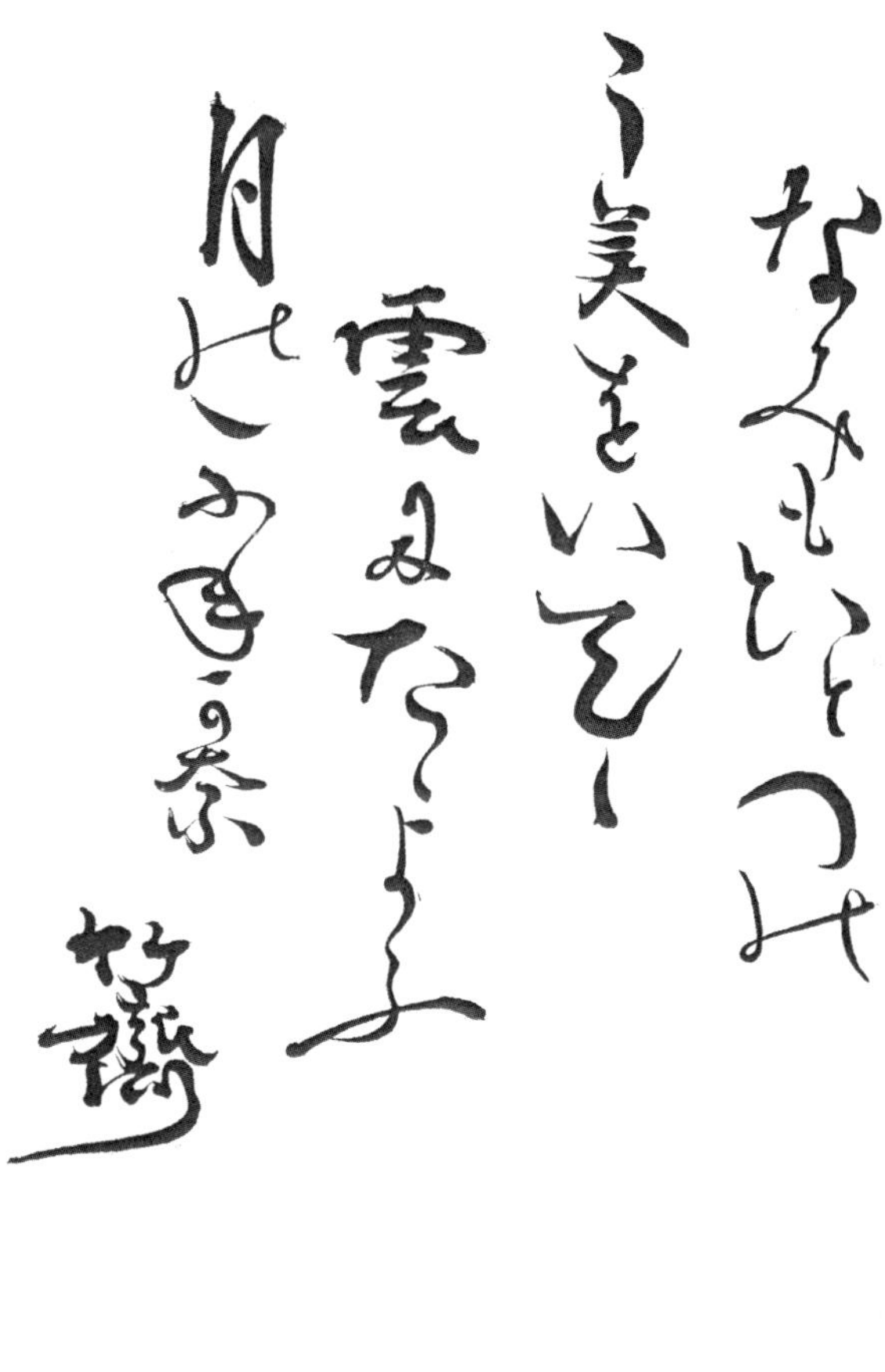

春

旧年立春

炭竈のけぶりも今朝はかすむなりとしのこなたに春は来ぬらむ

うぐひすはいまだ鳴ねどあらたまの年のこなたに春はきにけり

立春

今朝といへばまづかすむなり久かたの空に春来る道やあるらむ

けさよりはかすみをわけて朝彦の照らすひかりぞ先はのどけき

世はなべて春になるらし甲斐がねもしなのの山の雪もかすめり

ほのぼのと去年をわかれしよこぐものやがて霞て春は来にけり

ふるとしの雪の花よりあけそめてのどけくかすむけさの山の端

よこぐものわかるる空にうすがすみ立や春くるしるしなるらむ

元日立春

きのふまで冴にしそらの打かすみ日かげのどけき春は来にけり

立春風

今朝ははや山はかすみのとぢこめて風ものどけし寒からずして

有度山立春

きのふよりさむさもうどの山風にみねの松がえかすみそめけり

春の立ける日

のどかける神代のはるのおもかげをいまも現にゆきのふじのね

書屋初春

こほり居しすずりの水のとけそめて言の葉ぐさももえ出にけり

年のはじめのうた

いひふるしふるしても猶あかぬかなとしのはじめのけふの寿言

ある人の許に大豆を新年の賀におくるとて

豆こころなかにこもるとしろしめせ袋のくちはとぢてゆへるも

明治十九年一月

わかみづにうつる頭のしらゆきも不士の高嶺を習へとぞ思ふ

同じく二十年一月一日

あら玉のとしのはじめは百鳥の千代千代とのみなきわたるかな

子日

若みどりかはらぬ影にねの日して松のよはひの千代にあえなむ

松曳て千代よろづ代のよはひをもろ手に握りかへる野辺かな

ねの日の松を友どちの処へおくるとて

君と吾ながらへてみむ引ううるねの日のまつの千代のさかえを

殿の御前に子の日の松を献るとて

此売小松たまたれちかくひかれてぞ君がちとせの友となるらめ

山霞

つつまむとかかるかすみのなかなかにけしきをそふる不二の芝山

峯ふかくこけのむしろを敷なべてかすみに戸ざすみよし野の奥

行路霞

霞む日にかへりみすればほのかにもみゆるは不二の高嶺なりけり

遠山霞

みこし路といふばかりなるかげもなしかすみにきゆる雪の白山

しらゆきに間ぢかく見えしちちぶねの霞の奥にみゆるのどけさ

浦霞

しろたへの衣のうらにたつかすみまだ春あさみなみの寄るみゆ

いと霞深かりける日花見に行たりけるに其枝に
うぐひすの鳴けるをききて

八重がすみさはらぬものは足引の山のさくらとうぐひすのこゑ

鶯

若菜摘籠にいれられむものならばせおひても来むうぐひすの声

門松をけさふきわたるはるかぜにさそはれけりな来鳴うぐひす

のどかなるはるのこころをまづしるは谷の戸出るうぐひすのこゑ

うぐひすの今朝なくこゑにおく庭の梅のはつ花そことしられぬ

鶯をききて

めづらしとことしもきくかうぐひすをあまた春きく心にも似ず

朝鶯

年あけてたゆむこころのおこたりの朝いゆるさぬうぐひすの声

待鶯

梅やなぎ春のいろ香をみするよりきなくうぐひすまたぬ日ぞなき

小松をばきのふひきしをうぐひすのはつねはいかに告惜むらむ

雪中鶯

うぐひすのこゑのみ春のここちして梅のこずゑに雪はふりつつ

山家鶯

山里はまだ解そめぬ雪のうちにひとり春知るうぐひすのこゑ

竹林鶯

うぐひすのねぐらなからになくこゑを朝な朝なきくたけのした庵

桃林鶯

うぐひすもはなのさかりは百鳥のももさへづりとなりにける哉

夕鶯

うぐひすのこゑふきおくれ彼方のしげ木がもとの春のゆふかぜ

ゆふまぐれなくうぐひすのこゑきけば百囀りのとりはものかは

雨中鶯

はれまたでなけやうぐひす軒端なるうめの花がさ雨にかざして

鄙春夕

みわたせば花のこずゑの八重がすみ都もしかぬ春のあはれさ

若菜

のどかなる心をのべに老のみもわかきにまじりわか菜をぞつむ

あはゆきのふる野にいでて君がためせりつむ袖にさゆる春かぜ

一月ばかり雪のはじめてふりければよみける

老木にも雪のはつはなさきにけりわが身の上もかからましかば

春の朝雪のふるをみて

さきにほふ梅にかかりてふる雪もさすがにかすむ今朝の春かれ

梅

ゆきとのみいろはまがへど梅のはな香に類ふべき物のなきかな

閑居梅

山かげにうき世へだつる柴の戸をあはれもれくるのきの梅が香

古郷梅

手折ともとがむるひとやなかるらむ荒にしやどの軒のうめがえ

我園の梅を友の問ひていたくめでければ

うれしやなうめはちるとも言の葉に君がこころの花はのこらむ

梅の花盛に人の許へ消息のおくに書ておくる

手折てもみせまくおもふうめのはなけふの盛りを問れましかば

梅似雪

わすれてはのこれる雪とおもふかな園生の梅のはなのさかりを

柳

たちまじるはなのにしきのしたぞめにまづくり出す青柳のいと

柳露

よしの河きしのやなぎのいとさへも花ふくめりとみゆる朝つゆ

柳糸

ゆきふかくやまは見ゆれどのどかなるけしき操出す青柳のいと

閑庭柳

くる人もなきわがやどは青柳のいとながき日をいかにくらさむ

名所柳

よし野川六田のよどのみなそこになびくたま藻やあをやぎの影

早蕨

このごろのをりにこそあへ野遊にゆき来の岡にもゆるさわらび

春月

秋よりもあはれふかめて山の端のはなにかすめる春の夜のつき

春曙

いつはあれと花のこずゑにあり明の月かげにほふ春のあけぼの

浦春曙

のどかなる気色をそらにみちのくの松が千島のはるのあけぼの

春雨

こころありて問ふ人もがなつれづれと降るはるさめの夕ぐれの空

あられより音しめやかに身にしむは降るはるさめののきの玉水

夜春雨

はるの夜の音せぬ雨に草も木もみどりはふかくいろまさるらむ

雉子

わかくさのつまこもるてふ春の野に声あらはしてきじは鳴らむ

待花

わがおもふ人ならなくにねもやらでまてばや見ゆる花の面かげ

初花

糸さくら匂ひはじめしけふよりは人のこころのくるしげもなし

花

あめ風の絶てのどけき春もありてさくらのはなの匂はましかば

花にうぐひす鳴

うぐひすの花にむつるるこゑきけば春の春なるここちこそすれ

霞中花

七重八重かすみもにほふよし野山ひと重や花のこずゑなるらむ

花見に行ける人の許につかはしける

はなよりもにほはむ君がことの葉を風のつてにもわれに聞せよ

さくら花のさかりに賤はた山にのぼりて

花ざかりしづはた山にあくがれて土をふみつつくもにこそいれ

花盛

岑も尾も雲井とみゆるよしのやま花のみやこといふべかりけり

みねも尾もはなのにほはぬかげぞなき何処にくさの枕むすばむ

賤機山花盛

松杉の青葉がをかは名のみにてひまなくかかるはなのしらくも

桜花のめでたきを

人みなのいひふるしてもふるしてもいろかめでたきやま桜かな

花忘老

いろも香もあらず老てもさくら花猶そむかれぬものにぞ有ける

折花

手折とも人なとがめそやまざくら手折るもめづるあまりなりけり

花下終日遊

菅の根のながながし日を長しとはおもはでくらす花のしたかげ

閑居花

花盛りうき世の風はみよしののよしののおくもへだてざりけり

山寺花

しらくもの八重かさなりてみゆるかな花さきにほふ志賀の山寺

夕花

さくらばなさきにほふらしよし野山くるるいろなき峯のしら雲

夜花

人しれずひと夜のうちに解そめて盛りみじかき花のしたひも

月前花

さく花に匂ひいでたる春のよの月のかげさへみよしののやま

賤はた山に花見にものせしにおほかたの花半ちり行をみるに麓は雲の如くにて峯よりおろす風にしたがふ花は雪

の降る如くなりければ

ふもとなる花のくもりの上に又山風ふきてゆきぞふりける

花を見てよめる

さかぬまは待に待にしほどばかりちるも日を経よ山ざくらばな

糸遊

いとゆふもしばしかすみの袖もりて空に遊べるきのふけふかな

おもしろき野辺のけしきをこのままにむすび止めよ空の糸ゆふ

曲水宴

杯にさくらもけふはけをされてももこそはなのあるじなりけれ

弥生の餅を炊くにはところのならはしにて家毎に草摘入る
例なれば処女等が野辺に出て草つみけるをよめる

うごきなきみよのめぐみにもちひぐさ父母の名もそへて摘かな

惜花

又見むとしづはたやまのはなゆゑに命もをしくなりにけるかな

落花

仇にのみちるとはいへどさくら花浮世のさまをみするなるらむ

よべの雨今朝のあらしに庭の面はひまなくみゆる花のしらゆき

落花如雪

たび人の菅の小笠をうづみてもおもしともなしはなのしらゆき

菫

あれはてしやどにも匂ふすみれ草むかしの春のかたみなるらむ

父母を名に負ふくさの生ふる野にすみれの花はいく代さくらむ

野遊

乙女子のそでふりはへてはるは猶遊びどころのかすがののはら

蛙

山じろの井出の蛙のうたふくろひもやとくらむ今日ののどけさ

小山田にすだく蛙のこゑきけばいとあはれなりはるのゆふぐれ

名所蛙

はなの香をながしやらしと蛙さへ六田のよどになきをしむらむ

苗代

ほどよくもうるほふあめに苗代のみづあらそひもあらぬ君が世

躑蠋

あかねさす入日のかげとみるまでにうど山つつじ花さきにけり

山吹

よし野川さくらながれてゆく春のいろをふかむるきしの山ぶき

藤花

たちかへり見れどもあかずむらさきににほへる妹が門の藤なみ

松上藤

おい松もわかくこそなれむらさきのはつ元結のふぢなみのはな

暮春

ふぢなみの花のさかりを余処にして春はつれなく暮てゆくらむ

弥生ばかりに風のさむかりければ

水ぬるむ小田に蛙はすだけどもいかでかかぜのさむくふくらむ

春のうたよみける中に

そらさえてけふはいづこに行つらむ果なくみえし春のかすみは

ふかくなる春の日かずのしるきかなかすみにとづるしらいとの滝

明治十八年の春は余寒烈しくて常の年は弥生の中頃より
桜の咲初るを弥生の晦日頃にも未花の一つもさかざりければ

きえはてぬ雪の山かぜおろしきて氷りて今もはなやとづらむ

春のはてに

行はるのやどの形見となるものは子の日に引し松にぞありける

三月尽

あすよりは青葉のなかに入あひの鐘をかぎりのはなのしらゆき

はるくるるかたみとや見む一入のみどりふかめし庭の松が枝

夏

首夏

よし野山つもれるはなのしらゆきも青葉をわたる風やとくらむ

浜首夏

ひくあみのめにこそとまれいそ山の青葉をおろす夏のあさかぜ

更衣

をしみてし春のみならず香を止めし衣にさへもわかれぬるかな

今朝かふる卯の花色のしらがさね着てだにもなほ春ぞこひしき

みな人のたもとの色のしろたへに今朝いちしろく夏は来にけり

禁中更衣

花の香になれて日をへし宮人のそでさへかはるときは来にけり

夏鶯

老のみの友としきけば春よりもなほあはれなりうぐひすのこゑ

老の住いほりとしりてうぐひすの今もなくらむ声もあはれに

ちりのこるはなにし鳴はうぐひすも老のこゑとは聞えざりけり

卯月のはじめ鶯の鳴をききて

はなはねに帰りし後もうぐひすはう月としらでねにやなくらむ

余花

なかなかにあはれぞふかき梓弓はるにおくれてにほふさくらは

新樹

はる秋の色ある木々も一列におなじみどりとしげりあひにけり

新竹

今年生のまとのくれたけ朝な朝なたまとこぼるるつゆのすずしさ

若竹

わがやどの軒のむら竹しげりあひて夏を忘るるふしとこそなれ

いつのまにかく伸ぬらむとなりまで千代のかげさす軒のわか竹

わか竹はひと夜のほどにこの君と仰ぐばかりにのびにけるかな

卯花

卯のはなの咲のさかりは常はさはあらぬかたよりしらみ初けり

うの花となにゆゑ名をば負しけむさくらもおなじ雪とにほふは

夏のはじめうちしきり雨のふるによめる

つれづれと昨日もけふもうのはなの雪もまじりてふれる雨かな

あふひをかくる

よろづ世をかけてまつれば神山のあふひは深きねざしなるらむ

待時鳥

ほととぎすいまや来なくと五月やみみえぬ空さへあふがるる哉

名所時鳥

はつこゑをたれもきかむとほととぎすおもひ入さの山の端の月

山蔭時鳥といふを題にておもふ事ありけるをりに

ほととぎすこの山かげのしのびねを今日こそもらせ雲の上まで

早苗

さみだれににごる田面のみなわかきぬれつつ早苗とるは誰子ぞ

みな人のつゆのたまのをおし並てこのわか苗にかからぬぞなき

軒菖蒲

難波江のあしをかりふく家もまた時こそきぬれあやめにほへり

あやめくを沢辺ににほふほどよりも苅ふきてこそあはれ也けれ

賤家菖蒲

人なみにけふはふくかな何事のあやめもしらで世はすぐせども

花あやめの盛りはれまなく雨の降けるに

八重とづる五月の雨のくもりなく花のあやめの色をみる哉

橘

いにしへをつげの枕にかをるかなねざめとひくるのきの立ばな

ゆかしさをなにとかいはむ立花にしらぬむかしの人のうつり香

夜橘

さらすとも風なつかしき夏の夜に花たちばなの香ににほひつつ

禁中橘

九重をもれてたちばなにほふなり大うちやまにかぜやふくらむ

樗

あふちさくもりのしたかげかぜすぎて梢にはるるさみだれの雲

五月五日雨の降ければ

五月雨ははれずともよしかぐはしくあやめにたるるのきの玉水

五月雨

さみだれのくもの上なるそら高く人にしられず月は澄らむ

橋五月雨

水遠きたにのしばはしばしばに白なみこゆるさみだれのころ

市中五月雨

並立る家居もさすがさびしくて日かずふるなりさみだれのころ

夏雨

夕立のはれゆくあとに月すみてつゆをはなる野辺のなつくさ

水鶏

もののねもたえて音せぬ短夜にたたくくひなぞあはれなりける

ひとりすむ野中の庵に夏の夜のあはれつくるはくひななりけり

花の後たえてとはれぬしばの戸をたたく水鶏ぞあはれなりける
たまさかにうれしく夢を結びしをたたく水鶏ぞうたてかりける

夏月

人問はぬやどにしあればなつの夜の月をはしゐの友とこそすれ
ひるのまのせみのしぐれの名残りにや梢の月はことにすずしき
しばの戸を月にとはれてひるのまのあつさわするる山の下いほ

閑庭夏月

にはもせにしげる木くさにおくつゆのひかりも涼し夏の夜の月

瞿麥

からにしきかけてもなどかおよぶべきつゆになびける日本撫子

さく家の何処はあれどいもがすむやどのまがきのとこなつの花

故郷撫子

たがまきしたねともしらぬふるさとのまがきににほふ撫子の花

たねまきし人はしらねどふるさとのあはれしらする撫子のはな

夏草

しげるとも誰かうとまむ荻の葉にゆふかぜわたる音のすずしき

野夏草

夏くさのしげりにひまはなかりけりここだく広き不二の裾野も

行路夏草

なつ草のしげりにけふはまよふなり雪にうもれし小野のほそ道

しぐれにには人目もかれし山みちの絶るばかりにしげるなつくさ

蚊遣

蚊遣たくいぶせきやどのなぐさめに心ありげのゆふがほのはな

月前蚊遣

すみわたる月に一村くまなすはしづがふせやの蚊やりなりけり

蛍

くさむらにもゆる蛍の夜な夜なに音を立ぬこそいとあはれなれ

沢辺蛍

をり立てつみのこしたるやまさはのせりの葉ずゑを飛ほたるかな

垣夕顔

しづがたくけぶりの中にしらつゆのたまをもゆらとにほふ夕顔

蓮

つゆの身を蓮の台におく人をうきすみかとはいふにぞあるらむ

氷室

氷室山照る日の本に千代かけてきえぬためしとのこり来にけり

遠夕立

相模路はゆふだちすらし足柄やはこねのやまにくものただよふ

野夕立

つかのまにあしとくくもの行あひてしのをつくまの野べの夕立

行路夕立

さととほき野路の夕立はれむとはかねてしりつつ行がてにのみ

暮山蝉

山寺のいりあひひびくたにかげにすずしくのこる蝉のもろごゑ

納涼月

ゆふかぜはふけどふかねどなつのよの月はすずしく伊豆の海面

六月三十日雨

野もやまも木くさもけふはみそぎとて終日あめをふらす成らむ

六月祓

みな人の罪を負はするあさの葉もしづみもやらぬ君がみよかな

おさまれる代こそやすけれみな月にはらひ遣るべき罪科もなく

田植

ひまもなく降五月雨におりたちてぬれつつうるふるの千町田

短夜

みるかげはまだよひなるを鳴いづるとりは空音かなつのよの月

夏のころある時よめる

ときとてやきのふもけふも飛鳥河ふち瀬を分ぬさみだれのころ

光らずば入れられまじと籠の中にほたるは身をもはた恨むらむ

夏旅

くさまくら旅にはあれどほととぎすこゑは都にかはらざりけり

夏動物

草も木もみどりにみゆるなつの野の野ずゑとひゆくさぎの一村

夏風

よの中にいとふ人こそなかりけれなつの日かげのまつの下かぜ

夏鳥

むらぎえのゆきのいろなるしらさぎの岑とび越るかげのすずしき

浦納涼

すずしさをつつむ袖しのうら風に月のかげをも添へてけるかな

すがたよりこころのうつるものならばうれしからまし真澄の鏡

秋

立秋

手ならしし ねやの扇も今朝ははや浅茅がつゆとおきてけるかな

あきも今朝入江のあしにおと立てあまの小舟やおどろかるらむ

いろならばなにとかいはむこの朝け身にしみわたる秋のはつ風

ふきかはるかぜに月日を算ふればとしもなかばを今日は過けり

浦立秋

沖方にははつあきかぜや立ぬらむ須磨の浦回になみさわぐなり

庭立秋

あき来ぬと庭の浅茅におきそむる露ぞあはれのはじめなりける

秋の歌の中に

一本の尾ばながもとを生いでて千々にしげれるおもひぐさかな

初秋

ひるまこそあつさはのこれ朝ゆふは扇おくべくはやなりにけり

秋くれば桐のひと葉もこころありて月みむためと落そめぬらむ

初秋月

荻の葉におくしらつゆにほのめきて光さやけしみか月のかげ

なにごとをかたりも出ぬわがそでをむかしのあきの月もとひ来て

初秋露

今朝ははや庭の浅茅にしらつゆの秋のあはれをむすびそめけり

もの思ける時残暑を

老松のこずゑになつはのこりけむおとする風のすずしからぬは

露

秋くればかしこき名をも負ひにけりつゆの玉しく浅茅生のには

秋露

秋ふかくなるさへみえてあさあさな浅茅における露のしらたま

萩露

はぎの上の花にたまなすつゆ見れば春のやなぎの色はものかは

風わたる萩の葉ずゑはつゆのみかやどりし月のかげもくだけて

宮城野のはぎの上吹あさかぜにつゆもいろあるものとこそみれ

野萩

ももくさや千ぐさのなかにななくさと筭ひ初や野辺のあきはぎ

女郎花

待人のさだめなければをみなへしゆふべの露にまづなびくらむ

ふきかはるこころそらなる秋風になどをみなへしなびき初けむ

原薄

ちちぶねの秋のゆふかぜふき落て尾花なみよるむさしののはら

藤袴

ぬきかけし人はしらねどふぢばかま匂ふあはれの深き野辺かな

むらさきのいろ香もふかき藤袴おもひをかけしささがにのいと

うど山にのぼりて蘭の花の咲たるをみて

ふぢばかま裾回ににほふうど山をうとしと誰が名をばつけけむ

朝顔露

はかなさに又はかなさをおきそふる庭のまがきのあさがほの露

虫

さきにほふ千種の花のいろはててただ虫の音と野はなりにけり

駒なめてききにや行む秋の野はくつわてふ名のむしもなくなり

ねざめに虫の声をききて

千五百秋の長きにむしはかはらぬを我よのみかく更にけるかな

きくのはなみる人ごとに長月のまがきにむすべつゆのたまの緒

鈴虫を閨の軒に籠に入て釣てければ夜中暁となくあはれなる声にて鳴ければ

妻琴のねにぞきこゆるひとり寝のまくらにちかき鈴むしのこゑ

秋風

はぎの上尾花がすゑのしらつゆのたまふきみだす秋のゆふかぜ

暮秋風

秋くるるあらしのおとはいく年も馴てきくだにさびしかりけり

鹿

はるかなる鹿のなくねをしるべにて外山の秋のあはれをぞしる

小鹿の里にて秋のころ

有渡やまと人はいへどもうとからぬあきのあはれぞ小鹿なく里

月前鹿

さを鹿のつまとふこゑにゆめさめておき出てみれば月の入かた

さびしさのかぎりはいまとしられけり月いるかたの鹿の遠ごゑ

月

秋のよのも中の月のさやけさにほしのはやしは見えずなりけり

かつははれかつはくまなす雲出てつきも浮世もひとしかりけり

清見がたそこの玉藻のむらくもはさはらですめる月のかげかな

賤の雄を月もたすけてよもすがら山田のいほりもりあかすかな

なにごとをかたりも出ぬわが袖をいかなればとて月のとふらむ

おほきみの露のめぐみはほどほどの錦も麻もあまるそでかな

江月

さくやこのあきのはなとぞかげにほふ難波堀江にすめる月かげ

野月

むさし野や尾花がすゑになみ立て月のひかりもさわぐ夜半かな

風前月

春秋はこずゑにこころとむれども月あかき夜はそらにこそなれ

袖月

あはれしるわがたもとにもあらなくに尋来てすむあきの月かな

深夜月

あきの夜のふけゆくままに清見がた沖より寄るつきのやへなみ

潟月

清見がた月にくまなきあきの夜はむかしもかくや三保のまつ原

河月

たま河やはぎのにしきのしがらみはくまとはならし秋の夜の月

禁庭月

くまとなるひと葉はちりて桐壺にいよいよきよく月はすむらむ

雨後月

むら雨はふもとをすぎてみそらなすふじの高嶺に月はすみけり

庭前月

庭もせにかげなす松もあきのよの月まつよひはつれなかりけり

九月十三夜

長月のこよひのかげのかたむくは過にしもちの月よりもうし

衆人賞月

このごろのさやけき月をよの中にながめぬ人はあらじとぞ思ふ

深夜田家月

月かげはいなばおもげに露おきてふけ行ほどぞあはれなりける

ある人に誘れて浦の月をみに行けるに

ふりはへてこよひみむとはおもひきや袖師がうらの秋のよの月

夫にわかれてひとりして月を詠むる人によみて遣はす

鹿児自ものひとりおきゐて月をみばかつらの露や袖ぬらすらむ

雁

とこ世へはかすみていにし雁がねの月をたづきに今や来ぬらむ

月前雁

むらくもはくまなくはれてすみのぼる月にぞかかる雁のひとつら

雁渡来

しらくもの越のたかねの立舞にあきしりそめてかりは来ぬらむ

雨中雁

月照らばかずもよむべきかりがねを声にのみしる雨のゆふぐれ

山里擣衣

山ざとのきぬたの声をききしらは都に秋はなしとこそおもへ

田家擣衣

穂浪たつかど田をわたるゆふかぜにあしのまろやに衣うつなり

菊

百くさの花よりのちにさき出てなほゆくすゑはしらぎくの花

かざしても老はかくさできくの花なほしら雪のふりまさるなり

月前菊

きくの上におくしらつゆをやどりにて月さへ花の香に匂ふなり

武家の菊

ただ人のかけておよばぬ物部の手うゑのきくのはなの雄々しき

長月のつごもりがた菊の花盛りなりと聞て
人のもとにつかはす
くれてゆく秋は日かずものこらねどなほもさかりときくの花ぞの

松間紅葉
暮いそぐ松のはやしの下かげに入る日をのこすつたのもみぢば
もみぢ葉の色にならひて常盤なる松もあきしるここちこそすれ

紅葉みにまかりて
葉かへせぬ松に雪ふるあした迄もみぢのにしき散ずもあらなむ

船山紅葉
いとまあらば行てはやみむふな山の千入のもみぢ風ふかぬまに

久能山の小井戸の谷のもみぢを麓よりみ上て

久能山の峯にいる日のかげきえて谷のもみぢにのこるいろかな

九月尽

ふけ行かば霜とこそみめ秋くるるくさのすゑはにむすぶゆふつゆ

秋田

穂なみたつころにしなれば神等のめぐみのつゆのふるの千町田

秋雨

何となく世のうきふしぞしのばるる雨の降日のあきのゆふぐれ

秋夜

月ゆゑにいをねぬよひを始にてねざめ勝にぞ夜はなりける

秋山

あきのいろに月をもそめてありあけの空あはれなるさかの山哉

秋野

秋の野の千くさに交るひとくさの風をうらみのくすもありけり

題しらず

秋の夜の寝ざめにむしのこゑきけば片敷そでにつゆぞこぼるる

秋のうたとて

あつさをばなほなつとこそおもひしがさすがみにしむ萩のゆふ風

秋の歌の中に

さもあらばあれとはたれかおもふべき出来る月にかかる浮ぐも

一本の尾ばながもとを生いでて千々にしげれるおもひぐさかな

冬

初冬

夜のほとに都もあきはつきぬとて今朝はしぐれのふりて来にけり

山々をめぐるしぐれの雲間よりあきのかたみのみねのもみぢ葉

初冬暁

秋冬の行来のをかのあさぢふにしもおきそむるあかつきのそら

をしみてし秋のかたみかほのぼのとねざめのまどにのこる燈火

初冬紅葉

入日さすかげかとみればさはあらでしぐれにきほふ紅葉也けり

峯紅葉

くれなゐの雲かとばかり夕日かげ入にしのちもみねのもみぢ葉

時雨

音きけば秋より松にこもり居しかぜのさそひししぐれなるらむ

よべ置しつゆもまだひぬ浅茅生にけさはしぐれの雨ぞふりける

初時雨

染かぬる松のこずゑはふりすてて紅葉にうつるむらしぐれかな

連夜時雨

よなよなのしぐれは杉のむら立に降かとすればまたはれにけり

嶺時雨

山々は時雨にくるる雲の上にいり日のかげののこるふじがね

落葉

ふきおろすみねのあらしに埋れて落葉にまよふたにのほそみち

みるがうちにしぐれははれて梢よりおろすあらしにちる紅葉哉

もみぢちる立田の山はくれなゐの空にしられぬしぐれふるなり

落葉浮川

吹おろすみねのあらしに秋のいろの今朝こそまされたに川の水

河落葉

大井川峯のもみぢ葉ちりそめてけふよりみづのあきをしるかな

市落葉

しづはたのもみぢをさそふ山かぜは安倍の市路に秋のいろしる

風前紅葉

みな人のをしむこころの千入ともしらでやさそふ風のもみぢば

落葉深

かれわたる浅茅も今朝はみえぬまで庭は落葉にうづもれにけり

霜

いろいろの草のさか野も枯はててひとつににほふ霜のはなかな

初霜

秋の野のいろをばしらぬくさの葉も今朝こそ霜の花さきにけれ

竹間霜

なよ竹のさ枝もたはに霜降りてねぐらあらそふむらすずめかな

きえ安きものにしあればいろかへぬ竹をたのみて霜はおくらむ

十月ばかりかかしの破笠着てたてるをみて

しぐれにも菅のを笠をかたむけて山田のひつじ守るそほどや

木枯風

誘へどもさそふ甲斐なき松が枝としりてややどるこがらしの風

都人にしきをきよときのふけふもみぢをはこぶさかのやまかぜ

寒松

野も山もくもも木の葉もふきはらふあらしにのこる松のむら立
草は枯この葉はちりてこがらしにひとりあらそふみねの松がえ

田残雁

つくばねのしぐれの空をよこぎりて裾回の田井に落つかりがね

冬夜長

冬の夜は八こゑの鳥をききてのちなをながくのみ待あかしつつ
さめはててつくづく聞ばあかつきのかねの音さへ霜にきえゆく

雪のあした野辺をみやりて
いづかたとわけてしのばむかたもなし雪のあしたの四方の詠は

名所鷹狩
大君のみにへのためにかりくらす浅野のみゆきいたくなふりそ

日暮鷹狩
かたそでに雪をしのぎてゆふまぐれ鷹手にするゑてかへる宮びと

冬の歌とてよみける中に
あはれなり秋のあはれをうづみたるこの葉をながす谷川のおと

江寒草
入江ゆく棚なしをぶねさすさをもみゆるばかりに芦はかれけり

冬月

かれのこる小笹にむすぶゆふ霜のさむさをかふる冬の夜のつき

しばの戸の落葉が上を問ふものはこずゑくまなく照らす月かげ

河冬月

舟路さへたえてこほれる最上川よこぎりわたるふゆのよのつき

寒月冴

ささの葉におくゆふ霜の小夜更てこほるまにまにさゆる月かげ

さえわたる月のひかりをとどめむと川の淵瀬はこほりとづらむ

雪中月

ま白にもみえもするかな小野山のゆきにみがかれいづる月かげ

遠千鳥

志賀の浦こほりこほりて千鳥さへ沖をなぎさと今朝はなくなり

水鳥

大井川もみぢながれしのちもまたなみをいろどるをしのむら鳥

水鳥多

月夜よしむれゐるをしの剣羽になみをよこぎるかげぞ見えける

篠上霰

霰ふる小ささの原を見わたせばぬきとめられぬたまぞしきける

雪

春みしはさかぬこずゑもありつるをなべてにほへる雪の夕ぐれ

松杉もみなからゆきにうづもれてなにをしるしにみわの山もと

初雪

ふりそめてつもるこずゑを花とみむ雪にもつらき今朝の山かぜ

まつすぎも雪のはつ花にほふなりこころしてふけ野辺の朝かぜ

あさかぜよこころしてふけ木も竹もみなみな愛る雪のはつはな

夜雪積

ふけゆけば軒庭のたけの折るるおとに大雪ふるを老もしるかな

松雪

たえずふく松のあらしの音さへもふるしらゆきに埋みこめつつ

閨夜雪

たまたまにむすびしゆめをおどろかすのきばの竹の雪折のおと

遠望雪

むさし野や今朝うちみれば雪ふりてま近くなりぬをつくばの山

遠山雪

遙なるこしのしらねはしらねどもそれかとぞおもふ雪の遠やま

雪似雲

ゆきふればきのふもけふもやまやまに立舞もせで掛るしらくも

雪逐日深

白妙にふりつむゆきの日かずへて軒よりたかくなりにけるかな

浦雪

ふきはらふ風もなぎさの松がえにふかくつもりの浦のしらゆき

雪の降積りしあした

草も木もみな白妙にゆきふりて身につむうさもわすられにけり

夜神楽

には火たくくもゐのよそにすみわたりあかほしうたふ宮人の声

歳暮

おもふことなくてくれ行年なればなほしもことにをしまるるかな

なす業もよみ出る歌もくれ竹のふしなくてのみくるる年かな

をしまるる年のゆくへやつもるらむ信濃の山のみねのしらゆき

かく斗りくれ行あはれなかりせばあすくる年もうれしからまし

老人の歳暮

よの人にかく惜まれて行くごとくわが身のはてもならはましかば

老後年暮

おろかなる身をももらさでくれてゆく年浪ばかり寄てけるかな

冬山風

くさも木も人目も枯るるしばの戸にたえまなくとふふゆの山風

冬松

花やぎしもみぢの色はあともなしみどりかはらぬみねの松がえ

冬田

賤の男が苅田のあとのひつぢ穂をおくれてあさるかりの一むら

恋

恋

吾こころわがこころにもまかせぬは忘れむと思ふ人のおもかげ

契夢中恋

逢とみる夢ははかなく覚はてて後のこころはいかにかもせむ

隔恋

呉竹のひとよのほどもつらきかななれにし人を隔つとおもへば

秋恋

なびくかたあるともしらでをみなへし咲野をしたふさを鹿のこゑ

寄山恋

あまざかる遠つあふみのとほくともあははの山の逢てあるべき

寄浪恋

きのうみの名高のうらのなみ高みよれどよられぬ海士小船かな

寄露恋

わがみかくもゆるおもひもなかるべし君がなさけの露しかからば

寄夢恋

夢の世の夢にみえたる面かげのうつつにいかでわすれさるらむ

待暮恋

おのが身はいかだしなれや朝々なくれまたぬ日の絶てなきかな

雑

神祇

あさひらきこぎ出るふねにあらねども世に住吉の神をたのまむ

浦

浦といへば何処はあれど神代よりかぎりなきよをすみよしのうら

山

みちみちにおもひ入さの山高みふもとをだにもみぬがかなしさ

浜

かぎりある人のいのちも長浜のまさごのかずとたのみこそすれ

橋

おのが身の世わたるはしをかけむには先鍬鎌をはしらにはせよ

太刀

くさなぎのつるぎの霊ひろごりて太刀のみいつぞ世に類ひなき

関

こころをばうらのきよ見にとどめおかむあけ行関を身は越ぬとも

杉

ゆきにうもれかすみにきえて足柄のみねにしげれるすぎのむら立

太政大臣

こころ知る人こそなけれときとして積るも消もせきのしらゆき

百姓

物みなはよそひはなやぐいまの世もみの着て作る田人いそしも

遊女

よひよひにちりはおかねと末終によらむかたなき梶まくらかな

軒庭

八重がすみ朝夕つつむ梅が香をぬすみてはこぶのきのまつかぜ

物思ふ時に

わがそでに結べるつゆを何ゆゑとしらでや月のかげやどすらむ

山家待人

這入にはつゆの玉しきにはの面は君まつかぜのおとのみぞする

千本松原

いく千本かくさかゆるはむかしたがねの日の松の名残なるらむ

東京をよめる

むかしより尾ばなにつづく武蔵野も家居ひまなき雲ゐとなりぬ

ある時よめる

霜おかぬくろかみ山にすむ人もつゆの身などかきえのこるべき

長柄橋

津のくにの長柄のはしも中々に朽ずは人もしのばざらまし

雙山をよみける

いろいろのくもの褥につつまれていつもおひせぬふた子山かな

ある時よみける歌

はつゆきにしのばるるかなよしの山うき代わすれし花の面かげ

よの中の人を

夏はかげ冬は日のさすかたへのみこころをよする世のなかの人

ある人によみて与ふ

春の日もかぎりしあればさくらばな色香たのむな風ふかずとも

鉄道

むさし野のかすみがせきをあさたちて鳰の海照る月をみるかな

比良やまの高嶺の雲とおもふまにそれより上にはれしふじがね

閑居

はなもみぢ世のいろしらぬ隠所はまつのあらしも耳にさはらず

老人花見

世をいとふくさのいほりの老人もよのすがたなる花をみるかな

よの中の事何くれとおもひつづけけるをりに

世のおもふ寝覚のとこのむらしぐれ月にやど貸す種とこそなれ

茶の盛りに行はれけるをほめて

駿河路やはなたちばなはむかしにて木の芽ににほふ山ぶきの花

東京の歌とて

うらみても甲斐こそなけれさくらばなちりにしのちの峯の松風

巌上苔

ここにしくところはなしと苔むしろいはほの上に誰かいねけむ

花を瓶にさして

はなかめに千とせの松をさしそへて君が齢ひのかずにさだめむ

土の霊

わくみづも生る木くさも稲麦もつちのみたまを得ぬものはなし

水車

谷河のほそきながれをたのみにてめぐるうき世の水ぐるまかな

竹有佳色

ふる雪にうづもれながらくれ竹の千年のいろはかはらざりけり

ある時よめる

位山ふみみて登るみちはあれどつくべきつゑのなきぞかなしき

病にかかりて癒たりけるをりに

まだ行ぬ夜見の国部ゆあやしくもかへり来にける心地こそすれ

党派

国々の月かげおほふむらぐもは風あることをしらでやあるらむ

吹まよふむらぐもごとに掛れどもいつかは月をおほひはつべき

遁者庵

世はうしと遁れながらも庵みればなほうの花のかきねなりけり

心円

身をまもる関のとびらのあけたてに違はざりせば易けからまし

ある時よめる

松のはにむすぶもつゆははかなきをいかでときはに消のこるべき

老人向鏡

眉のしもむすべるまでのおもかげのうつるつらさのます鏡かな

娼妓に与ふ禁戒の歌

さくら花ふかき色香もこころせよ松もよはひにかぎりある世を

題不知

来し方もなほゆくすゑもうき世ぞと思へばおもふこともなき哉

ある時よみける

梶とりにたれをたのまむ国のふね四方の海づらなみさわぐ代に

深山庵

ふきはらふ風だにもなく雲とぢて実にかくれ家のまつのした庵

つくづくとよの中の事をおもひて

のどかなるかすみのおくの雨くもりこころにかかる花の夕ぐれ

明治十五年一月十九日竹齋が太政官より御書給はり

権少教正に昇りたるをほぎて　　三浦弘夫

色そはるみどりはそらのものとのみあふぐ千ひろの竹の下かげ

返し

くれ竹のふる葉にまさるみどりをばそら色とのみ人やみるらむ

内務卿松方正義卿より七十賀の歌送り給はりければ

雪きえぬ小鹿のはらのおきなぐさ君がめぐみにはるをしるかな

大久保一翁君より七十賀に硯を給はりければ

たまはりし硯の海をこぎ出て和歌のうら辺に寄らむとぞおもふ

ある時よみける

よのなかにうみたる人は山柿のおちてくだくるほかなかりけり

久能山の宝物卯の花をどしのよろひをみて

うの花のをどしの糸にむすばれてうき世の中もやすくこそなれ

報徳社の集会所によみて送る

生ほこるよもぎのたねはぬきすてて麻のみつくる真ごころの友

皇国心

わが国の風ふき立よむかしよりこまもろこしもなびきしものを

七月ばかり一橋殿御奥方御隠居
久能山へまうでさせ給ふにいと暑き日なれば
よみて奉り侍りける

堪がたきあつさしぬぎて久能山のみねのまつかぜあふぐ君かな

諸官員の人々又学校教員生徒の暑休また十二時ひけ
杯いへるをききて

ひとみなのいとふあつさをなかなかに愛忍つつつくるいねかな

久能山に雨ごひすとて参籠してよめる

あめの下水穂の国の名もしるくふらざらめやはけふのあまごひ

紺屋町徳川二位公より歌奉れと仰られけるよしの伝へをうけ玉はり侍り則よみて奉り侍りける

塩やかぬ淡海の浦のいそもみぢみるめはなしとおもひこそしれ

あさゆふにむすべるしもの下くさを高嶺の紅葉いかにみるらむ

いせのおほみやの祭主に久邇宮の立せ給ひしをおもひ奉りわが久能の宮の神官に大神の子孫の花族の中ならせ給はむ事乞禰宜奉れとはたさされはよみける

あふひぐさしげりさかゆくその中にむかしの二葉しる人もがな

郡長近藤弘氏によみておくりし歌

広き名をおほふめぐみの袖笠にしぐれをしらぬさとの子等かな

一月ばかり歌はいかにといへりけるに答へける

をきなぐさかしらの雪にうづもれてことの葉いまだ下萌もなし

大久保元老院議官一翁君より消息のおくに書付遣はされ
給へる歌　今年七十一年にならせらる

花とりをまつたのしさに七十歳を越しことしもかはらざりけり

大川宗炳氏が母の七十賀に寄河祝を

年なみのたちかへりゆくすみだ川まづわかみづに君ぞくむべき

この母とおなじく吾も七十の齢かさねたればかたみの

祝のこころをよみける

すみだ川濁らぬ水にけふよりはかたみに千代のかげをうつさむ

逸見仲三郎氏久能山皇典学校を辞して相模国大山町
に帰られける送別会によみて遣しける

別れてのまたくのといふ山の名を神にもかけてたのみこそせめ

さらばとも伊邪ともいふないはずとも露けかりける別路のそで

正博君の五位にならせ給ふ時歌奉れと仰られければ
よみて奉りける

梅がえのゆるしのいろに今年より匂ふもうれしあやのころも手

秋の業に学びの怠りけると

秋田かる業にうもるるちりの身はおこたりやすしことの葉の道

俳諧の発句といふものの添削をわれにせよとある人の
せちにいふままに筆加へて返しやるとて

長みじかあやはかはれど風流たるこれもひとつの言の葉のみち

女のなくなりたるはじめの年の盆にある人の許によみて遣す

しらつゆときえにし玉のかへるよとこよひは君が袖ぬらすらむ

春二月八幡山成る宣長故翁の霊祭りに人々寄花祝といふ
事をよみ侍るよしをききて

さきそむる御前の花のゆふ栄は朝日ににほふここちこそすれ

おなじをり楽を物せしとききて

からごとも神のみまへにしらぶれば大和のことと聞ぞなさるる

三浦弘夫吉岡弘和田歳貢小川宜円ゐして旧事をよみける

おもふどちこころひかるるふることは今のうつつの心地こそすれ

おのがこころを人の問ひければ答ふる

すがたこそつづれとみゆれ人しれぬこころは大和にしき也けり

明治十五年一月二十日皇学舎始に生徒へよみて示す

古事のふみのはやしにわけいりて国の道をばさとれとぞおもふ

かけ高くさかえこそ行けひめ小松くにのをしへの人にひかれて

おもふ事ありけるをりに

山の井のみづからにごるこころともしらでや人の群をなすらむ

山ぶきの花のしろきをよのつねに交へて送られしかば
はじめてしろき山吹を見めづらしく思ひて

白銀のいろをもそへてめづらしく香にこそにほへ山ぶきのはな

人々にさとして

言の葉はよかれあしかれ唐よりも日本にしきをこころには着よ

いつはりのなきよなりせばといふ歌の心を

ます鏡こころもうつるものならばなべてよの中やすけからまし

従三位松平春嶽公より神社秀康卿御相殿に座す東照宮の
為御神体久能宝蔵より笏を送りける時よみて給はりたる

歌のかへし

ことの葉のはなのにほひのふかければう倍春山と君をいふらむ

東照るかみにつかゆるひろそでにあまれるものは君がことの葉

六月ばかり病に臥して短夜の明るをまちて

夏の夜にきく鳥のねのうれしきはいかに老ぬるわが身なるらむ

病癒たる節医師栢原氏におくる

空ごととわれさへおもふさみだれのはれにしあとのあり明の月

あるたふとき人我草庵を八月ばかり訪ひませるに

よみて奉る

わが宿の浅茅ふみわけ訪ふ君のめぐみのつゆにぬるるけふかな

　は月のすゑ府中の大城のうちの御館のちりはらひに行て

千世ふともくちずこそあらめ東照る神しきましこれのみ殿は

　このころ虎列刺といふあしきやまひはやりて国中恐る
　あしたにかかれば昼の間に死ゆふべに発れば夜の程に
　死すみな家の業ひもわすれ悲めるを

目にみえぬ風ある世ともしらつゆの草の葉ごとにむすぶ玉の緒

　虎列刺といふ悪疫流行りて朝夕産土神に此けに
　ふれんことを恐みてねぎ申て

難波江のあしかるつゆをむすばじとあしたゆふべにはらふ神風

　江尻なる野村孫平主が次女産れ其名を付けよといへるに
　稲といふ名付てよみける歌

千五百秋ゆたかなるべき稲の穂に寄せむ穂浪のしるくこそあれ

十五年ふみ月ばかり朝鮮国のもの吾公使館へ暴行あり此ほどはよの中何となく静かならぬに兵をくり出さむ杯人々いひあへりけるを実におぞましき事とおもひてよめる

武内かみのみことのいまも世にいまそかりせばかくはあらじを

士族の授産の法の為東照宮の社金を助成し遣し其開業のむしろにてよめる

この君のかはらぬいろの笠を着てしもゆきしのげ松のしたくさ

子持坂村水野市郎氏は吾為には子といふべき齢によろづしたしうしたるに身まかりぬとききて其妻なる人によみて送りける

おもひきやふぢのころもを君まさでまつの操に着せて見むとは

妻のなくなりにたる又の年寝覚に鈴虫をききて女
此むしをいとめでたりければ

鈴むしのなくねは去年のそれながら妹が手まかで聞のさびしさ

陽暦に改りて二三四月を春と定めけるよしききて

花とりのいろねをまつのしたかげに待遠くしてのどけくもなし

上下押並て花火を好み殊更流星といふに釣星といひて
中宮に久しう留るがはやりけるを雨の降にいたくものし
ければ

かはり行世のさがなれやくもる夜もくも間ながるる星のかずかず

徳川三代将軍家光公おさなきころ書れし鶏の墨画を得て

ゆたかなるとしには鳥のなくさへも家光べきこゝゑのみぞする

明治十六年御歌会兼題四海清

秋津しまめぐれる海のしづけさにうらわの松もえだをならさず

ある高貴の人々に書を乞とてよめる

した草のつゆとしめぐめあふぎみる天のかはらの水くきのあと

天地庵といへる誹人寄花歌乞へるに詠て遣す

天地にあまれるものはふたつなきよしのの山のさくらなりけり

十七年五月ばかり友人平山陳平警視庁にめされて

京に参登らるる時別れによみて参らす

わかれ路に種蒔ましをわすれ草ゆくするゑかけてしげり逢むため

いづるよりいるそらとほくむさし野の隅田の川にすまむ月かげ

吾よりある貴き方へねぎ事聞え上侍りけるにそのことうけひき給て後忘れし杯の玉ふと承り侍りて

わすらるる名のみしげりておきなぐさ雪をかしらに下籠りつつ

人の賀に

七十路はものかは千代も換るべきいろなくしげるそののくれ竹

吾若かりし程花みむため年のはに心をいれてうゑ生したる梅の七十の年の春は殊にいろこく咲けるを

ながめ来しいく春ごとの色よりもまさりてにほふ梅のはなかな

高貴の御方より物を賜りて

くもの上のめぐみの露のかかる世はうれしきに又ぬるる袖かな

松島吉平ぬしきさらぎばかり近きころよみし歌聞せよとありけるに

おきなぐさ埋れし雪のとけやらでまたしたもえの言の葉もなし

みわたせばかすみも花とにほふなり引佐細江のはるのゆふぐれ

さく花とかすみかかりてみゆるかな松が千島のはるのあけぼの

伊豆国伊東人下田義天類といふ人伊藤宮内卿が支那へ公使に立せ給ひし時我等が友集ひて小梳神社に其海上の行来又国の光りをかがやかし給ひて帰り事奏させ給

へといのるをみていといと雄々しき長歌よみておくら
れけるに答へたる歌

身にまとふつづりをわらふよのなかにこころの務みる人もがな

伊佐岑満老人が大字の幅物二葉世に云上代様の
ふりのをおくられけるその謝によみて参らす

天の川たかき流れをまなび得て世にあふがるるみづぐきのあと

をりにふれて

わがこころ人にまじはり難きかな真ことを厭ふいまのよの中

農民

いのちつく米ならしむる人をこそ実に田からとはいふべかりける

とみもせずまづしくもあらず穀つものつくる人こそ宝なりけり

　ある医師の身まかりにけるを

生くすりもたる甲斐なく天かけりうき世はなれていにし君かな

　ある人の書残したるものをみて

みる人の袖こそぬるれ残しおきしふかきあはれのみづくきの跡

　戸塚種子ぬしが十九年五月二十四日身まかりにけるに
　よみて手向ける

きみまさぬ軒の松風あすよりはさびしきおとをたれに問はまし

　従四位議官関口隆吉君陸奥の国のうちにても寒さのたへがたなるくにに民の治にまかり給ひし時秋の末紅葉は猶色深

きに雪のふりかかりければ其さまいひしらすおもしろかり
しと宣ふを聞てよめる

香ぐはしき春のこずゑも及ばじな紅葉にかかるゆきのはつはな

いとうるはしき薄尾花をとりきて与へけるを瓶にさして
床に置てよめる

あなあやしまねくをさかの花薄まねかぬおのがとこに来にけり

飯炊く釜の蒸気にて鳴事あるは凶事のいたらむ兆なりと云
伝ふとてある人いたくこころに思ひくるしむによみて与ふ

あしきこと繁きがもとをかりはらふ為にとけふは敏鎌なるらむ

去年の冬身まかりたる人の家に行て梅の花の許にて

うぐひすは何とつくらむこのはるはきく人ちりし梅のしたかげ

入獄人に遣しける

かりそめのまよひの雲に覆はれて照る日のかげをしらぬ人かな

あるをりに

ありとある天の益人うゑわたすさなへにむすぶつゆのたまの緒

うきをのみ流す涙とおもひしにうれしきこともうかむなりけり

山柿のしぶくのみ代をすぐし来て思ふことなきこの身なりけり

述懐

世をも捨身をもすてむとおもひつつすぐる月日をなどをしむらむ

うらやまし露にやどかる月かげはむかしも今もかはらざりけり

磨き立てたまとみえても甲斐ぞなきこの世は誰も露の身なれば

愚なる身のさがなりとけふぞしる進むべき世にかくおくれつつ

年ごとに松をひくまの風のおとに春ののどけきしらべをぞきく

老となるとしもゆくへをまとはなむゆきに埋れし竹のしたみち

七十のはるへてにほふうりのはな花となおもひそ色も香もなし

をりにふれて

いつのまにおのがこころやくもりけん晴ゆく月の影もやどらず

老人の述懐

来しかたをおもひかへりみ忘れ井のみづからうとき心をぞしる

なにごともおこたるのみの老が身もふるとし月は人なみにして

身につもる年月のみはおこたらでよろづのことは忘られにけり

としごとにまさるなみだの川上は老をかさねしやまとこそしれ

のがれ住うき世の果をわすれてはまた何くれとおもふはかなさ

風を待つゆをよすがになくむしを我によそへてあはれとぞきく

閑居述懐

人をいとひ人にいとはれ存命てをしむいのちぞものわらひなる

山居述懐

世のうさをこりて入にし山ずみも木樵を友のやどにぞありける

冬述懐

ふる雪にきそひ遊べる犬もあるにうづみび去らぬ猫のかなしさ

寄時雨述懐

さだめなくよにふるかひのなきものは老行われとしぐれ也けり

寄鏡老人述懐

いつはりのある世も今は甲斐ぞなきおいの姿のうつるかがみは

ある時よみける寄早苗述懐

すすみゆく千町の小田のわか苗につらぬきとめむつゆの玉の緒

寄雪述懐

初雪をなどか愛らむふりつもるおのがかしらはかへりみもせで

月前懐旧

見るがうちにありし面影浮び出て月ぞむかしのしのびぐさなる

寄紅葉懐旧

君まさば樹々の紅葉を言の葉のいろにもそめてかたらはましを

もみぢばのいろをかたみと残しけむ秋のあはれをしのぶけふ哉

品川氏の父の十三回忌に寄竹懐旧

言の葉の友としきけば呉竹のよにあひみぬもしのばるるかな

小林年保主の父七十の賀によみておくる

老のさか高嶺もやすくこえぬべしけふをふもとの山ぐちにして

七十賀の歌太政大臣を始其外の人々よりあまた給はりてよみける

青雲の上より洩るるしらつゆのめぐみにぬるる今日のそでかな

七十賀して祝ひの時

笛たけのみやびのうゐによろづ世をしらべ合するのきの松かぜ

七十の賀しける時三條相国はじめ雲の上人より祝の歌を
給はりてよみ侍りける

雲ゐよりめぐみのつゆに今年またはるしりそむるおきな草かな

おろかなるおのが齢ひは七十もまだわかたけといふべかりけり

遠江国浜松駅市川浪次郎氏の祖父八十八の賀莚の
歌乞けるによみておくる

かぎりなくみゆる親木のふかみどり小松の小松しげりあへども

八十八歳に成る老人の三夫婦なる賀によみ与へける

あひおひの松の小まつのその子まつ三千年変ぬかげぞみえける

寄山祝

うごきなきみよのためしに世々へても姿かはらぬふ尽のしば山

迎妻祝

千代ふべき常盤のかげの諸葉草けふをあふひのはじめにはせよ

寄巖祝

ふかみどりかはらぬいろは君なれやいはほをつむこけのさ莚

梅の花を掛花に活たるが其器くだけて水のもりて
寄竹祝といふ歌の短冊にかかりければよみける

梅がえにむすびし露のかかりてぞ竹の葉までも香ににほふなる

遠江国小國神社遷宮奉納寄松祝　十九年七月

みわの山千もと并たつかみ杉はみよのまもりに代々しげるらむ

ある友人の許より支那人のものせしなりとて竹の画をおくられけるが其工が名を竹齋とあり自ら吾名に合りけるをあやしみ書付ける

この君にまた色そふる言の葉もかはらぬたけのおきななりけり

今年は四月ごろより雨ふりがちにて殊にこの五月六月七月とはれ間なく降けるに五十年前天保六未年の飢饉の基ひの霖にさも替らぬは老の身の其事忘れがたく心くるしくのみ日をふるによめる

かぎりなくふるさみだれに袖ぬらす心のあめのはるる日ぞなき

師の鬼島大人の伊勢のくにゝかへらせ給ふ別に臨みてまたも来てとのたまふを承てよみ侍りける

うらやすく二見てふ名を頼む身にいつしぐれてか袖のしをるる

長歌

賤機山の花見にものしてよめる

山ざくら花の紐解　あしたよりしづはた山に　朝ゆふに老も若きも　むらぎものこころの行て　をらぬ日は一日だになし　ぬば玉の夢のうちにも　ひと夜だに忘る時なし　そがうへに其山のはに　きてみれば岑にも尾にも　咲みてる花の匂ひに　あくがれて心へだてず　おもふどちうち立むれて　かたり筒今日ぞ手向る花の大ぬさ

花をよみける

花細桜の花は　咲耶姫神の命の　幸魂を幸ひ給ひて　くれ難き日影を時と　うち霞みのどけき時を　よろしなへ吹くる風も　寒からぬ弥生を時と　神の世にみ定め給ひ　愛給ひ詠め給ひし　其花の今も現に　峰みれば峰もみながら　谷みれば谷もおしなべ　大雪の積れる如く　白妙に咲の盛は　久方の雲の上人　物部の大

丈夫猛雄も　其猛き心なぐさみ　賤の雄の老も若きも　子供等も男女も　押並て土に居ながら　あやしくも雲こそわくれ　それとみる雲物いはば　代々の人のめでし心の　あらましを問はましものを　すがのねの長き春日を　あきたらず長しともせず　ともすればあくがれ出て　四方山を振放見つつ　きのふ今日心を空になしにける哉

三月尽といふ事をよみける

新玉の春去そめし　あしたより待に待にし　山ざくら花の梢も　あすよりはみどりをしげみ　くり返しみれどもあかぬ　青柳のいと長き日も　今日はしもかぎりといへど　吾宿のくさの戸さしも　朝夕に問し鶯　汝だにも来鳴けうぐひす　軒端なる垣の卯花　白妙の雪と積らむ　遠山の峰の卯の花　白雲のかかるとみえむ　しかあらば花の白雲　晴るるとも桜の雲は　消ぬとも心は行む　限りありて春の日数は　よしくれぬとも

反歌

うぐひすよ春はゆくとも夏までもかかれるまつのふち浪に鳴け

春興をよみける

春の野に打出てみれば　乙女等は赤裳裾曳　白妙の袖うち振て　ゑくつむと沢に下立　菜をつむと丘に並立　そをみれば最ものどけし　山のははうららに霞み咲匂ふ梅の匂を　吹く風の朝な夕なに　鶯の声をもそへて　運びきて春の光をしきわたす苔の莚に　円居して心をやれば　久方の天津真空も　時しりて雲雀は啼ぬ　かれといひ是と思ひて　青柳のいと長き日も　おもふどちあかでくれけり野辺のあそびに

六月一日久能東照宮祭典に社頭夏月といふを題にて

人々献詠するによめる

くるるかとおもへば更る　夏の夜の月にはあれど　穴あやし忌垣に匂ふ　うの花

の雪かとみれば　さはあらで神の宮居の　片そぎの行合の間より　照る影の光なりけり　其月影の　片むけばかたむくまにま　霜のいろはあとぞとどめぬ　柳葉に百度千度　おけどおけどふれどもふれど　柳葉の色は変らず　大神の恵みと共に　月影は猶中空に　在明の空

反歌

片そぎの行合の間より照る月のかげにぞ結ぶ夏の夜の霜

山家時鳥といふ事をよめる

不絶聞軒の松風　不絶聞門の沢水　世の塵を払ふ松風　うき事を洗ふ沢水　朝夕に耳に馴たる　山住は吉事凶事　世の事は絶てし不聞　身庭あれときかむと思布あはれをばあはれとしるや　時鳥初音乎吾爾　洩志てぞゆく

初秋をよみける

落そむる桐の一葉の　其ひまを三日月てらし　吹初る荻の上風　其音に寝覚しりそめ　次々は野辺の七草　錦なし軒ばの虫の　声々に妻とふ鹿に　染つくすもみぢの色に　さまざまのあはれぞふかき　落初るきりの一葉を　はじめにはして

朝顔をよめる歌

朝顔の花をもろしと　人はいへど咲初しより　朝な朝な盛ひさしく　月草の移り安きは　人心春去来婆　梅が香を運ぶ春風　柳庭おのが姿を　あらはせる其風をしも　桜にはいとひ惜みて　若葉さす樹々のうれには　其風を待に待侘　朝ゆふに愛み嬉み　秋去ば軒端の荻の　戦ぎをもなからましかば　とばかりに思ふ心をつれもなくもろきものとし　花はみるらむ

秋七草歌

秋の野の錦の床に　咲匂ふ萩が花妻　白露の玉に伸伏　夕されば尾花が袖は　まねけどもうらみ顔なる　葛の花吹来る風に　撫子は吹くがまにまに　から錦花の

紐解　吾方へ靡くとみえし　女郎花花の心は　いかなれや風吹方へ　忽に面回をむけぬ　藤袴年のは毎に　きてみれどあはれなりけり　朝顔は朝々毎に　咲出て日数ひさしく　匂へるによろづの物も　秋の野をあはれとしるや　いろいろの虫のねすだき　月も又よなよな宿り　あはれともうしともいひて　定むべき言のはもなし　野辺の朝夕

秋興を詠る

七草の花の匂ひに　終日はうき事忘れ　ぬば玉の夜にしなれば　虫のねにあはれを覚え　月影に心をすまし　四の時何れはあれど　露霜の秋にまされる　時もなし　白露の玉をかざして　女郎花なまめく色に　萩の花ゆかりの色に　撫子のやさしきいろに　人まねく尾花のなさけ　鈴むしの振出る声　きりぎりす夜寒をしらせ　あはれしる人まつ虫の　音信にあはれもあはれ　あはれさをたぐへていはむ　言の葉もなし

草庵冬来作歌

真垣庭白菊匂比　浅茅庭霜花咲　秋色者籬爾残　浅茅生爾冬者来爾計里　不人問宿庭雖在　折節の阿波礼者深之　谷乃下庵

老人待春作歌

たらちねの母に添臥　ゆび折て春を待つつ　寝る数を算へしむかし　思出て偲かへして　竹馬のわが友どち　これかれとおもひ出れば　其友はなき人となり　物皆は変り行とも　吾のみは今に残りて　春を待心ばかりは　かはらざりけり

老を嘆きてよみける歌

かくばかり安らけき世に　かくばかり恵ある世に　生れ逢ひて春さりくれば　咲花に心なぐさめ　秋去婆月夜にうかれ　そを思へば恵み貴し　其をもへば安御代楽し　かかる代に千年もがもと　思へども中々つらし　黒髪は雪に埋れ　弓の如腰はかがまり　其弓の射矢の如く　年月の立てし行は　行年を惜みながらに　来

春をよろこびまつぞ　いともはかなき

秋野

花すすきまねく交野に　をとつ日もきのふも今日も　八千草の匂ふ盛りを　おもふどち手折み愛み　あしたより夕になれど　猶あかでくさの枕を　結ばむと思ふばかりに　おもほゆるかも

秋暑といふ事をよめる

指折秋立し日は　算ふれど桐の一葉も　また落す門の柳の　深みどり色も其儘荒金の土さへさけて　照りに照る暑き日影は　猶も其儘

吾童名を竹蔵といひ又今年六十年になり隠居て竹齋と名を改てよめる

世の中の吉事凶事　往通ふ其ふしふしの　風ふけど雪も積れど　起返り六十ぢに

なれど　色換ずみどりそひゆく　園のくれ竹

明治十三年一月参議陸軍卿山縣在朋卿参議内務卿伊藤博文卿大蔵大輔松方正義朝臣吾久能山詣給時作歌

打寄留駿河国乃　久能山乃霞分筒　久方乃星乃光乃　顕氏宮居輝久　事者霜牛吐神母　嬉之加留良牟

大谷村戸長役場開業之歌

久能山に鎮り居ます　大神の日の御饌田とたたへ　はやくより定めてありし　名西負ふ大谷の村は　ならの葉の広くしあれば　まちまちに小名さへ負ひて　何くれの事も別れて　住来しを万の事の　明らけく治る御代に　よの人の進み行成る　真こ真ろに費を厭ひ　夫々の手をさへはぶき　千万の事等悉　一群に結び合せて　鹿児自物一ツ心を　こころにて包むをしらに　語り合ひ里の真中に　形の如最厳めしく　殿造国の御法の　事議り里の控　執行て里を治めむ　村長の役所と

影面は海面いだき　沖辺には釣する小舟　星の如伊漕むらがり　磯辺には網引海士等　指折算へ尽せず　背面には群山続き　いろかへぬ松のみどりの　茂り合ひ弓手の方は　千里なす塩浜つづき　目手みれば千町田つづき　是叙此不足事なき　百千足足らひ行べき　里は此里

明治十六年茶のあたへのいたく下りて国中何となくものさびしくなりけるによめる

宇治山の木の芽ゆ匂ふ　花の香の盛りにさかり　国中みな高き賤しき　押並てその花の香を　愛にめでめでのあまりに　いかめしく家居をつくり　美しきころもを装ひ　をしものも何くれとなく　あくまでになしてし居れば　あかぬ事なき世にはあれど　何事もよろづの事に　かぎりあれば月のみちかけ　節々のさむさ暑さの　往通ふ事の如　今年はも其花の香の　くちなしの色もおとろへ　たがいふとしるく分ねど　山ざくら咲の盛りに　級戸辺の風吹ごとく　秋の夜のさやけき月を　むら雲の覆ふが如く　なりにしも思へば思へば　いにしへゆかく成り行か

よの中のうき事のさま　しかはあれどあはれなりけり　あはれよの中

徳川従三位家達君に子日の松を奉りけるによみて添へ侍りける

今年生の二葉の小まつ　うつし植て今よりさきは　影高く栄え行べし　百千枝に
茂り行べし　影高く栄行なば　天津水世に仰れむ　百千枝にしげり行なば　代の
風の宿りとならむ　しかありていやしくしくに　雪降らば笠とたのまむ　霜置か
ば簑と頼む　霜雪の露の恵に　伸伏ていよいよ茂らむ　くにのたみくさ
ひきううるふたばの松は　掛巻もあやにかしこき　東照神の命の　千代かけてし
ろしめしける　妻恋る小鹿の山に　並立る千代ふる松の　たねなれば今より後の
千五百秋水穂のあきの　秋風のかぜの宿りと　さかえか行かむ

静岡の大城の中なる東照神の御手から植給ひしといへる
梅木を公に乞申し久能山に移し植てよめる

東照神の命の　現世に駿河国の　静岡の大城中の　御手づから植給ひにし　梅は

しも幾年ふれど　色も香もかはらざりけり　然はあれど今は大城に　すむ君のあらずなれれば　古里と荒のみまさるを　俤を見ればゆかしく　俤を見れば悲しく　大神の如何御念　食らむとあやに恐こく　そこ思は秋にもあらで　白露の袖に玉なす　曽古故に朝廷に　嘆きこひ奏鎮坐　久能山の齋垣の中に　移植て往先祝布　梅の花の万代掛天　春毎に益々匂へ　今日を始に

奉詠小梳神社遷宮祝歌

苅薦のみだれし筋を　解分る小梳宮は　大神の心にいかに　みいかりの事やまま剣　不浄の事や在剣　火具突の其禍に　去之頃焼亡しを　里人等甚嘆ひ　神官甚畏み　古の聖の御代の　法の如建備へむと　村肝の心をくだき　くもま落す不足事なく　造り立千代万世も　朽ずあれと里人競ひ　くもりなき赤き心の　赤金を高く萱なし　御屋根葺御棟の千木は　黄金もて装ひ奉れる　新宮に遷奉れば　今従は禍事有ず　宮居には更にもいはず　氏子町も事みち足らひ　つげの木の小梳の宮の　名もしるく筋を正しく　万世も笑み栄えつつ　世乎は径努弁之

高殿に登りて酒杯たうべ物語などしてよみける歌

今の紺屋町正二位慶喜公御館なり

高殿のいづれはあれど　この殿の四方の詠めは　をりふしにあかぬ事なし　春くれば腰にめくれる　稲川の里の賤の女　裳裾曳根芹つむみゆ　広幡の八幡の岡はまのあたり松の緑の　色ふかく遠のむら山　花咲ばはれぬくもりの　朝夕になべてあはれに　霞つつ夏にしなれば　有渡浜ゆ風吹渡り　足垣の真近き里は　千町田の緑栄行　秋の田の瑞穂もしるし　秋のよは四方に隈なく　月澄めば心もすみて　背面なる信濃の高嶺　影面の伊豆の遠山　雫積る雪に間近し　富士の嶺の時自久の雪は　軒高くときはにみえて　四方山の詠めにとめる　此殿は類ひまたなき　処なりけり

賛明治十九年近代稀成稲作豊成乎歌

千五百秋水穂のくにの　名にしるく神世ながらに　伝へ来し儘には雖有　禍津日

の雨風あらく　旱して損ふ事の　常なるを今年のあきは　天地の神の依しの　御恵にたがふ事なく　国々の高田久保田を　押並て実は八束穂の　足穂なす田面の形は　老人母見聞し事も　無きまでに稀ともまれの　豊さに是叙名に負ふ　浦安の国

賛小坂山蜜柑の豊熟を歌

時じくのかぐのこの実の　小金以てつくりしが如　うつくしく枝もたわわに　かぐはしく枝もしだりて　なりになりそれをしみれば　春秋の花ももみぢも　及じなそのしろがねに　里人は富栄え行　この山は国の宝ぞ　此山は人めづる山　妹がうむ小坂の山は　黄金花咲

有渡郡安古神社に詣て詠歌

足日売神命の　加良国をことむけ給ひし　美功を助奉之　武内宿禰命　常磐に鎮座　大宮波千年八千年　色換奴松の梢の　景高久千木の光の　曇無く栄行宮乎

賤雄の現に拝　事の貴左

ある貴人吾をいとねもごろに恵み給へるに吾もしたひ日毎に参り待りて何くれの物語の節によみける歌

天地と隔たるが如　君と吾隔たりはすれど　月と水うつるが如く　君と吾品は換れど　山の井の浅くはあれど　吾心濁りなければ　月影の宿るが如く　ねもごろに恵み給へと　天つ水仰が如く　みどり子の乳乞ふが如く　ぬば玉の夜は須柄に昼は日のしめらにぞ思ふ　おろかなる我にはあれども　忘らるる時こそなけれきみがめぐみは

不尽山をよめる歌

あまそそるふじの高ねは　山といふ山の大君　くにぐにの八重かさなれる　群山を臣とひきゐる　高き名はいたりいたらぬ　国はなし其不尽の嶺を　朝夕にみるも恐し　いにしへゆ其名聞えし　風流雄の文にもつくり　歌によみありけるもの

を　今更に短き己が　心もて何とかいはむ　天雲も伊去憚る　此峯を称へていはむ　言のはもなし

同じく

ふじが嶺の時自久雪も　今日のみは残り少し　大空のみどりのいろも　国原の青田の稲も　一列にみゆるもをかし　時しらぬ山も時しり　白妙の衣ぬぎすて　着る笠の雲のはたてに　今夜又ふるべき雪の　初花の其おもかげの　しるくこそあれ

或時よめる歌

さくら花咲も代のさま　この花の散も世の形　秋の夜の隈なき月も　村雲の掛れる宵も　世の人の高き賤き　智さへ長く短く　物みなの定めなければ　さもあらばあれとはかねて　おもへど捨られぬ　あはれ世の中

家人等にさとして残す歌

天の下国といふ国に　ありとある其人毎に　子孫を思はぬはなし　おのが子を愛ぬはなし　子の為に業不怠　家起彌継々に　親々の伝へし業を　さかしらに勤な換曽禰　更々に家勿換曽禰　親々の心乎伊津母　心にて遠み親の　奇魂祭勿絶ち曽　子孫に言継伝へ　子孫母猶幾世々に　勤て由目勿忘曽　不尽の嶺の雪者消友

道奥の末の松山　浪者越とも

詠田児浦歌

田児浦漕出見ば　久方能雲居に高き　不尽之ねの時自久雪者　海原の底に現れ古従色母不換　茂立有三穂の松枝　重浪の彌志久志久に　影差て海人賀釣舟　朝庭帆の影面に　日影受帰る夕者　なみのへの背面に受て　鯛平目得物也多く　海人我子の百舟千舟　往通乎雖見不足　田児の海面

老人述懐

苗代の水口祭　あしたより笠をかむらせ　蓑を着せ昼は終日　ぬば玉の夜は須柄
に　たたせ置休ふ時なく　朝庭鳥を守らせ　夕庭雀を為追　秋去ば長き夜いねず
鳴子引鹿を追やり　よの人の寄の儘に　仕へきて秋果ぬなば　雪降と嵐は雖吹
簑笠の朽て影なき　其影をあはれといへる　人もなしあはれぞほどの　身を如
何にせむ

詠人心変易

かはらじとみな人毎に　おのが十六口にはいひて　ほこれども空もうららに　さ
くら花咲のさかりは　笹の葉の動くばかりに　ふくかぜを厭ひにいとひ　其花の
雪と零消　其跡に若葉しげれば　其かげに待にまちとり　愛に愛人の心の　月草
のうつり安きを　風は又いかにいふらむ　いかにおもはむ

友人におくる

うきこともうれしきことも　竹馬の友に見聞し　中りきの隔をしらぬ　さす竹の

君はいかなる　よしありてうき世の中に　人多にみちてはあれど　友人は多にあれども　今更に顧みすれば　その人はなき人となり　きみとわれ世にながらへて七十の稀の齢の　坂こえて子等や孫らが　ひむがしに西に走りて　家の業に心くだけば　世の塵はかたみにさけて　くもりなく心のすめば　よの中におもふ事なき　老の身のやすき月日を　けふぞかたらふ

花にかぜ月に村雲かかりても心しすめばものおもひはなし

竹をよみける歌

木にもあらず草にもあらず　幾世にもかはらぬ色は　君が代のうれしきぬしのふしふしを年の端毎に　あらはして吹くる風の　吹かたへなびきかたより　降雪にうづもれゆけど　風和ば素の姿に　雪消ば己が質に　起返り世にたわまぬは園の呉竹

『不尽のやまのももうた』

三浦弘夫

明治三十四年四月刊

富士山百首

神さびてたふときふじの神山は神代にふりし雪やきえせぬ

天地のいづれのものとわきていはむ雲の上なるふじの高根は

東路の空に聳えてほのみゆるかぎりやふじの麓なるらむ

麓こそ外山の高根そそりたつふじはさながら空のものにて

ふしてみなあふぐとばかり見ゆるかなふじの麓に立る山々

姿さへたふときふじの神山は雪の白木綿かけぬときなし

天地の別しよともしら雲の上に聳ゆるふじの高根は

ふじの根の雲より上に登りてぞ空ははてなきものと知りぬる

たとひなき姿なりけり不二の根は空に聳えて高きのみかは

山のうちの聖とこそはいふべけれ仰げばいよいよ高き不二の根

久方の空とみねとのいろわきて雪よりしらむふじの曙

不二の根は曙毎に天地のわかるるここちせられてぞ見る

夜を残す外山をみればふじのねの雪より空は明るなりけり

うど浜や松原つづき見わたせば雪もみどりにふじの明行

白妙の衣よそひて天の戸のあくればゑがほみするふじの根

朝な朝なめづらしくみる不二の根は夜毎に雪やふりかはるらむ

なり出し時もやかくとあけわたる空にはふじのわきてめづらし

あしたあした始てみつるここちして驚かれけりふじの高根は

とく明てくるるはよそにおくれけり空さへ光る雪のふじの根

山々の秋より外にふじの根の雪を錦になす夕日かな

朝は花夕はもみぢくるとあくとさす日やふじの雪の春秋

外山には落てきえ行く夕日影登ると見えて残るふじの根

山々はわかずなり行く空に猶くれのこれるや雪のふじの根

みえそめてきのふも今日も不二の根にゆきつくまでは今いくかへむ

ふじの根はとばでもそれとしら雪のかかる姿の外になければ

あふぎ見る不二の山こそ名に高く聞しにまさるものはありけれ

東路やまかり行くともしらゆきのふじの高根の隠れ出ずば

ことの葉も及ばぬふじの高根をばゆきみぬ人にいかがかたらむ

見てぞ知る不二の柴山よの人の名高くいふを及ばざりとは

八重山を遠くへだつるこなたよりあふぎてふじの高さをぞしる

たごの浦やうち出てみれば明暮に窓に見なれし高根ともなし

ひえの山はたちばかりの高さのみいふべき山の姿なりやは

聞しより絵に見しよりもあふぎみて驚かるるはふじの高山

立かくすまではあらねど雪の色のぬるむやふじのかすむなるらむ

春霞棚引にけりふじの根の絶し煙や立と見るまで

天雲のいゆきはばかる不二の根も空の春とやかすみこむらむ

ふじのねもうかれて春は歩むかと思ふばかりに遠くかすめり

かすむ日は空のいづくとしらゆきの消えぬも空に消る不二の根

時しらぬ雪もかすかに成にけり霞やいくへふじの遠山

かすむ日はみ空のものとなりはてて麓さへだにわかぬふじの根

立こめてふじの高根を天地のわかれぬ時となす霞かな

おぼろよの月には昼の霞より中々しるき雪のふじの根

立こめし霞はきえてきえ残る雪めづらしき夏のふじの根

見ぬ人はそらごととのみおもはまし時しらゆきの夏もふれるを

雲間より若草もえし春の野に似ても見ゆるか夏のふじの根

ささげばや氷室はあれどみな月の望の夜ふれるふじの初雪

みな月の望にも消ぬふじの根の雪は神代にふりしなるらむ

登りゆく下に聞えてなる神の音に驚く不二の高山

夕立は麓を過て雪消ぬみねにさえても出る月かな

不二の根やふきおろすらむ東路は衣手寒し秋の初風

秋立て袂涼しきこの朝け見ればふりけりふじの初雪

時知らぬ山とはいはじ雲霧のかかるも秋は秋と見えけり

夕日影さすや高根の雪さへに秋はもみぢの色に出にけり

高根には立や及ばぬふじの根の麓ばかりに深き秋霧

秋の月不二の高根を出るより外山もなべてゆきの白妙

とはにふる不二の高根はめづらしき外山の雪に冬をしるらむ

白妙の雪の衣を重きて冬しもふじのあたたか気なる

おしなべて雪ふる冬はふじの根の麓なりけり見ゆるかぎりは

冬ふかみよもの山々雪はあれどひとり色わくふじの白妙

麓までいくへしら雪ふりつもる冬さへ月はふじをこえけり

天乙女高根に袖をふりしよの面影見する雲の立舞

見れどあかぬふじの高ねのながめこそ老ず死ずの薬なるらめ

何れより見るもかはらずいつみても雪をときはに飽ぬふじの根

よの中は常に見ぬものめづらしといふにことなるふじの柴山

見る人もあく時しらずふじの根のとはにふる雪とはにめづらし

つもりきていく千歳ともしらゆきのふりせぬ姿あかぬふじのね

雲霧のかかればかかる姿さへ又たぐひなきふじの柴山

たぐひなき姿をふじのねたしとや立かくすらむ空の浮雲

うき雲のしばしかかるも一けしき見るに心ははるるふじのね

さりともと及ばずながらたつ雲をただ一吹のふじの山風

帯となり衣とかかりしら雲の立もよそふか不二の姿を

立かかるふじの浮雲見なれては先知られけり明日の雨風

不二のねに雲のきぬ笠かけてけり里にも今か雨はふり来む

はれぬ日もみなれてとはに行通ふ心へだてぬ雲のふじのね

さくなだり落来と見ゆる滝の糸やふじの谷間にきえぬ白雪

仰がるる不二の高ねにかかりては消べく雪も思はざるらむ

年をへて雪を頭にいただける不二こそ山の翁なりけれ

ゑがくにも筆は限りのあるものとみあかぬふじの姿にぞしる

ふじこそは三種の外の一種の国のしづめの御たからの山

天雲の上まで君がたかしらすみよとたたへてあふぐふじの根

うごきなきみよの姿と空高くこと国人も仰ぐふじのね

たからともしづめともよにいひつぎて国にふたつはあらぬふじのね

八千年をつみては雪もいはほなすときはのものと消ぬふじのね

動きなきみよはふじの根時わかぬ栄や雪と常つもるらむ

動なきよによそへても仰ぐかな雪もときはのふじの柴山

登らむもはたかしこしや動なきみよの姿と仰ぐふじのね

みどのより見さくるあたりふじのあらばおまへのみすは常にかかげむ

伏庵のせまきもよしや時しらぬ雪の高ねを窓にいるれば

不二のねの神代の雪の光得て古きふみ読む窓の明くれ

よの人にほこるにたるは軒端よりわがものと見るふじの遠山

月花のながめはあれどなにはあれどふじの高ねを窓の明くれ

わがものと明くれふじを見る里に住むうれしさも雪ときえせず

行て住むわが心かな雲井なす高ねもとはに仰なれては

高くこそ心はもたぬ思ふことよになるさはのいける限りは

高きには登らずとてもふじのねの動かぬをわが心ともがな

はばからず高きに進め人心世にふじのねもあるを仰ぎて

思ふこと世になるさはのならずやは登ればふじも登らるる世に

不二のねも登れば登る思にてなさばもの皆なるさはの水

つもりては山となりてふちりの身も心はふじの上にのみこそ

言の葉も及ばぬ山とよにいへど明くれただに見てや止むべき

後記

幕末駿河歌壇史研究もついに八冊目となった。本書には偶然ながらも二人の神職の歌を収めることになった。一人は久能山東照宮元第一祠官の出島竹齋、いま一人は静岡浅間神社元宮司の三浦弘夫である。ともに静岡を代表する神社の要職を務め、小梳神社境内に設けた「皇学舎（静篁舎）」では協力して子弟の教育にあたったことがある。

そもそも、幕末駿河歌壇史研究は花野井有年が静岡浅間神社と久能山東照宮に奉納した『蔵山和歌集』の解読から始まった。その後、清水の山梨家へ研究の中心が移り、山梨志賀子・戸塚種子・中村秋香・中村春二の全歌集を編んだ。

そして再び、静岡浅間神社と久能山東照宮に戻って来たことになる。人間社会の縁とは不思議なもので、かつて築いた関係が巡り巡って元に帰ってくる。この縁を大切にしながら、今後も自分の信じた道を着実に歩んでいきたい。とはいえ、まだまだ不十分な点や誤りもあるにちがいない。より確かな情報があったならば、是非とも提供していただきたい。

最後に、本書が成るにあたって、静岡県立大学名誉教授の髙木桂蔵先生と元静岡市長で郷土史家の天野進吾先生には貴重なアドバイスと資料を提供していただき、感謝にたえない。静岡市駿河区小鹿在住で出島家九代目の勝郎氏にもたいへんお世話になった。また、郷土史家の曽根辰雄先生、久能山東照宮ならびに静岡浅間神社の皆さんにも御助言をいただいた。羽衣出版の松原正明代表には最後までお世話になった。あわせて御礼申し上げたい。

令和四年五月

桜井　仁

〈編者紹介〉
桜井　仁（さくらい　ひとし）

昭和28年静岡市生まれ。

國學院大學文学部卒業・同専攻科修了。

常葉大学非常勤講師・利倉神社宮司。

歌誌「心の花」所属。日本歌人クラブ東海ブロック幹事。

静岡県歌人協会副会長。静岡県文学連盟運営委員。

玉鉾神社献詠歌選者・せんげん塾講師。

著書に歌集『オリオンのかげ』『夜半の水音』『アトリエの丘』『山の夕映え』『母の青空』、句集『はつ夏の子ら』『峡の風花』、共著『静岡県と作家たち』『新静岡市発生涯学習20年』『現代日本短歌大系Ⅰ』『現代歌人俊英選集Ⅳ』、編著『校訂 三叟和歌集』『蔵山和歌集』『山梨志賀子短歌集成』『柳の落葉　戸塚種子歌集』『復刻版　秋香集 短歌』『駿河先賢詠歌集』『中村春二・小波歌集』などがある。

現住所：〒420-0913　静岡市葵区瀬名川2-19-23
TEL・FAX：054-261-2090

出島竹齋・三浦弘夫歌集

令和四年八月一日発行
定価　本体二二七三円＋税

編集　桜井　仁
発行人　松原正明
発行　羽衣出版
〒422-8034
静岡市駿河区高松3233
TEL　054-238-2061
FAX　054-237-9380

ISBN978-4-907118-75-4 C0092 ¥2273E